Christoph-Maria Liegener

Mord ist umständlich

Ein Roman

Zweite Auflage

© 2020 Christoph-Maria Liegener

Herstellung und Verlag:
BoD – Books on Demand, Norderstedt
Cover-Bild: Rechte beim Autor

ISBN:
9783752642933

Inhalt

Vorwort 7

Ein Außenseiter 9

Susanne 14

Ein Strahlenunfall......................................23

Das Problem 26

Erste Ermittlungen 37

Eine Leiche 42

Ein zweiter Versuch.....................................45

Weitere Ermittlungen 51

Der Kommissar zu Hause..................................56

Die Mühlen der Justiz...................................60

Der Einbruch..63

Die Operation 67

Ein Banküberfall 76

Zeugenschutz 82

Lora 90

Ein tödliches Wiedersehen 94

Neue Flucht 97

Freiheit 103

Vorwort

Dies ist ein Roman, völlig frei erfunden. Auch wenn ein Verbrechen im Mittelpunkt steht, handelt es sich nicht um einen typischen Krimi, da es nicht so sehr um die Aufklärung des Verbrechens geht als vielmehr um den Umgang damit.

Nichts entspricht irgendwelchen realen Geschehnissen. Das Werk dient nur der Unterhaltung.

Meiner Frau danke ich für wertvolle Kommentare zum Manuskript.

Christoph-Maria Liegener

Ein Außenseiter

Luigi machte sich vor Angst fast in die Hose. Die johlende Meute der anderen Grundschüler umringte ihn auf dem Schulhof und verspottete ihn. Kinder sind manchmal grausam. Eine Kleinigkeit genügt ihnen, einen Mitschüler fertigzumachen. Bei Luigi war es die Tatsache, dass er als Italiener nur gebrochen deutsch sprach.

Der Ring um Luigi zog sich enger und enger zusammen. Er zitterte. Da trat ein kleines blondes Mädchen in die Mitte des Kreises, nahm Luigi an der Hand und zog ihn aus dem Ring. Keiner hinderte sie. Offenbar war sie allseits beliebt und respektiert.

Sie brachte Luigi in einiger Entfernung in Sicherheit und stellte sich vor:

„Ich bin Susanne. Lass uns Freunde sein!"

Luigi freute sich, so nett angesprochen zu werden und fühlte Dankbarkeit für seine Retterin. Die beiden verbrachten danach viel Zeit miteinander, wie Freunde in der Grundschule es tun. Später trennten sich ihre Wege und sie verloren sich aus den Augen. Susanne kam aufs Gymnasium, Luigi auf die Hauptschule.

Auf der Hauptschule musste Luigi nun wieder allein zurechtkommen. Kein Problem mehr für den inzwischen kräftigen Jungen. Er hatte sich ein Messer besorgt und konnte damit umgehen. Am Anfang war er noch einmal belästigt worden. Eine Gruppe hatte ihn eingekreist wie in der Grundschule und zwei von ihnen hatten ihn in die Zange genommen. Plötzlich hatte er sein Messer in der Hand. Er verletzte die beiden Nächststehenden durch Messerstiche und die anderen ergriffen die Flucht.

Die Polizei untersuchte den Vorfall. Die Mitschüler und Luigi wurden verhört. Man erkannte sein Recht auf Notwehr an, nahm ihm aber das Messer ab. Natürlich hatte er bald ein neues.

Er wurde nie mehr angegriffen.

Nach dem Hauptschulabschluss suchte er sich Arbeit. Der Junge war nicht die hellste Kerze auf der Torte, aber höflich und zuverlässig. Trotzdem hatte er es schwer, Arbeit zu finden. Er bekam schließlich eine Stelle als Botenjunge in der Firma eines Italieners. Der Firmeninhaber, ein gewisser Herr Babano, setzte ihn bald auch für andere Erledigungen ein. Später stellte sich heraus, dass diese „Erledigungen" nicht alle legal waren. Herr Babano gehörte zur örtlichen Mafia.

Luigi bekam zunächst gar nicht mit, dass er Verbotenes tat. Als er es mitbekam, war es zu spät. Man sagte ihm, dass er ja schon die ganze Zeit beteiligt gewesen sei. Da mache es keinen Unterschied mehr, ob er weitermache. So machte er weiter und verwickelte sich immer mehr in die Machenschaften seines Arbeitgebers.

Dieser erwies sich indes als angenehmer Mensch. Herr Babano unterstützte alle seine Angestellten und ihre Familien, auch Luigis Familie, die er ab und zu besuchte. Alle fanden ihn nett, fast wie einen guten Onkel. Von seiner dunklen Seite wussten sie nichts und waren froh, dass Luigi einen so perfekten Arbeitgeber gefunden hatte. In der Tat sah Herr Babano sich als einen guten Menschen. Wenn er gegen das Gesetz verstieß, dann nur, weil seine Familientradition für ihn höher stand als das Gesetz und er sich im Zweifelsfall immer für seine Familie und seine diesbezüglichen Verpflichtungen entschied. So konnte er ein Leben als tiefreligiöser Mensch führen, auch wenn andere seine Taten als Verbrechen betrachteten.

Luigi wurde mit der Zeit immer tiefer in den Sog des Verbrechens hineingezogen. Er vertraute Herrn Babano und diente diesem, so gut er konnte. Jener belohnte wiederum seine Treue durch verlässliche Fürsorge.

Manuell war Luigi außerordentlich geschickt. Nicht dass man ihn, als man es bemerkte, in eine Handwerkerlehre geschickt hätte, nein, dafür brauchte man ihn nicht. Man brachte ihm das Schießen bei. Damit würde er sich eher nützlich machen können. Geschickt, wie der junge Mann war, entwickelte er sich schnell zu einem Meisterschützen. Bald wurde er als Killer eingesetzt. Er führte seine Aufträge derart perfekt aus, dass er sich als unentbehrlich für Herrn Babano erwies.

Susanne

Susanne freute sich auf die Mathematik-
stunde wie jedes Mal. Ja, sie mochte Mathematik. Das mag ungewöhnlich für ein
Mädchen sein, aber es kommt eben doch
auch vor. Sie besuchte die Oberstufe eines
Gymnasiums; der Unterricht galt als an-
spruchsvoll und verzauberte Susanne.
Dennoch war es nicht nur der Unterricht,
der ihr gefiel. Sie schwärmte für ihren Ma-
thematiklehrer, Herrn Dornstolz.

Dieser junge Lehrer voller Elan hatte gerade erst sein Referendariat beendet und
die zweite Staatsprüfung bestanden. Da
Susanne von Mathematik und Physik be-
geistert war, hatte es nicht lange gedauert,
bis Herrn Dornstolz zu ihrem Lieblingsleh-
rer avanciert war. Es kam noch etwas hinzu: Sie hatte herausgefunden, dass er sich
noch nicht gebunden hatte und machte sich
heimlich Hoffnungen auf eine Liebesbezie-
hung.

Zunächst lief alles über die fachliche Schiene. Der Unterricht interessierte sie, genügte ihr jedoch nicht. Nach jedem Unterricht eilte sie zum Lehrer nach vorne, um weitere Fragen zu stellen. Für so viel Gesprächsstoff reichten die Pausen bei weitem nicht. Herr Dornstolz freute sich über das große Interesse seiner Schülerin und erlaubte ihr schließlich, ihn zu Hause zu besuchen, um die Gespräche fortzusetzen.

Sie hätte jauchzen können vor Glück. So besuchte sie ihn regelmäßig. Restlos in seinen Bann gezogen hatte er sie, als er ihr die Fibonacci-Zahlen erklärte und erzählte, wo überall in der Natur sie vorkamen. Viele weitere Einblicke in die Geheimnisse der Mathematik gewährte er ihr in nicht-enden-wollenden Gesprächen. Susanne konnte nicht genug davon bekommen. Sie himmelte ihren Lehrer an.

Eines Tages meinte Herr Dornstolz:

„Weißt du eigentlich, dass es befreundete Zahlen gibt? Man nennt zwei Zahlen miteinander befreundet, wenn die Summe der echten Teiler der einen Zahl die andere Zahl ergibt und umgekehrt. Für uns Menschen gilt: Wenn du mir ein Beispiel für zwei befreundete Zahlen nennen kannst, sind auch wir befreundet."

Susanne erbat sich Bedenkzeit und am nächsten Tag kam sie mit einer Antwort:

„Lange habe ich suchen müssen, aber ich habe ein Beispiel gefunden: 220 und 284 sind miteinander befreundet."

„Gut. Das ist richtig. Dann sind wir jetzt auch befreundet."

Susanne strahlte.

Die beiden verstanden sich immer besser und aus ihren gelegentlichen Scherzen wurden mit der Zeit tiefe Blicke. Susanne hatte sich in ihrem jugendlichen Überschwang in ihren Lehrer verliebt. Auch Herr Dornstolz entdeckte mit der Zeit Gefühle für seine Schülerin.

Zwei junge Menschen im Überschwang ihrer Gefühle allein in einer Wohnung – es kam, wie es kommen musste. Susanne wurde schwanger. Sie wusste nicht, wie sie damit umgehen sollte, und sagte niemandem etwas, bis es irgendwann nicht mehr zu übersehen war und ihre Eltern sie dazu befragten. Wohl oder übel musste das Mädchen die Affäre gestehen. Man nahm sie sofort aus der Schule und ging zur Polizei. Der Sachverhalt wurde aufgeklärt und der Lehrer in einem nicht-öffentlichen Prozess zu einer Freiheitsstrafe verurteilt, wobei man das Mädchen so weit wie möglich zu schonen versuchte.

In dem erzkonservativen Elternhaus, dem sie entstammte, ging es vor allem darum, den Schaden zu begrenzen und alles unter den Teppich zu kehren. Man behielt Susanne bis zur Entbindung im Haus, wo sie privat unterrichtet wurde.

Sie nannten das Neugeborene, ein Mädchen, Eleonora und beschlossen, sie zur Adoption freizugeben. Susanne übergingen sie bei dieser Entscheidung. Sie hätte wahrscheinlich das Kind behalten wollen, konnte aber nicht viel gegen den Willen ihrer Eltern tun. Trotzdem litt sie unter der Trennung von ihrem Kind, erkannte jedoch, dass sie in ihrer Situation kaum eine Chance hatte, sich dagegen zu wehren. Immerhin hatte sie das kleine Hascherl die ersten Wochen behalten dürfen. Einerseits ein wundervolles Erlebnis, andererseits machte es die Trennung nicht leichter.

Da half kein Jammern: Das Kind wurde dem Familienamt übergeben und Adoptiveltern gefunden. Die Herkunftsfamilie erfuhr den Namen der Adoptivfamilie nicht. Das entsprach dem üblichen Vorgehen.

Ein Schlupfloch bestand jedoch darin, dass die leibliche Mutter des adoptierten Kindes später eventuell durch den ungewöhnlichen Vornamen der Tochter dieselbe würde finden können. Die Tochter wiederum würde mit 16 Jahren das Recht erlangen, Auskunft über ihre Herkunft zu bekommen.

Für Susanne endete diese Episode an der Stelle. Man schwieg in der Familie das Thema tot. Darüber zu sprechen, war tabu.

Jahre vergingen. Susanne machte ihr Abitur, studierte Physik und lernte dabei ihren späteren Mann Michael kennen. Sie erzählten sich gegenseitig viel, nie jedoch kam Susannes jugendlicher Fehltritt zur Sprache. Sie war in dieser Hinsicht traumatisiert, hatte das Thema verdrängt und glaubte, damit wäre die Sache erledigt. Natürlich war sie es nicht wirklich. Schlafstörungen und psychische Probleme blieben zurück.

Selbst als sie geheiratet hatte, sprach Susanne nicht darüber. Ihr Mann bemerkte zwar, dass es da einen dunklen Fleck in ihrer Vergangenheit gab, erfuhr aber nichts Genaues. Auch Susannes Eltern hielten dicht.

Ein Rätsel, das Michael bei einer entsprechenden Offenheit Susannes vielleicht hätte besser verstehen können, blieb daher für ihn, warum Susanne keine Kinder bekommen wollte.

Natürlich würde sich die damalige Situation nicht wiederholen – jetzt, da sie über Lebenserfahrung verfügte. Sie hätte die Situation jederzeit meistern können, ja, sie hätte sie sogar als Aufgabe empfunden. Dennoch hatte sie eine geradezu panische

Angst davor, auch nur im Entferntesten an diese Ereignisse erinnert zu werden. Eine klassische Verdrängung mit einer daraus folgenden Phobie. Immerhin kannte sie ihre psychische Disposition und hatte sich damit abgefunden. Von Anfang an hatte sie Michael klargemacht, dass ein Kinderwunsch für sie nicht in Frage käme.

Michael hatte kein Problem damit. Sie waren beide Wissenschaftler und ihre wissenschaftlichen Projekte waren ihre Babys. So hatten sie es schon in ihrer Studienzeit gehalten. Außerdem fühlten sie sich jung und Michael glaubte, alle Zeit der Welt zu haben.

Wenn er schon darüber nachdachte, so konnte er eine Notwendigkeit, Kinder zu bekommen, nicht so recht erkennen. Kinderreichtum galt früher als Alterssicherung. In unserer heutigen Gesellschaft konnte man sich das Alter auch anders sichern.

Das Glück, das Kinder einem bescheren können, vermisste er nicht. Er war als Einzelkind aufgewachsen, seine Eltern waren früh verstorben. Den Wert der Familienbande, das Miteinander-Verbunden-Sein, die Trennung von Innerhalb-der-Familie und Außerhalb – all das kannte er nicht. Er wusste nichts von den Werten einer Familie, Werten, die alle Familienmitglieder genossen, Werten, die vor allem von den Müttern hochgehalten wurden. Michaels Mutter war noch vor seinem Vater gestorben. Er hatte diesen Teil einer Kindheit nicht erlebt. Beklagen konnte er sich über seine Kindheit trotzdem nicht. Er hatte eine schöne Zeit gehabt.

Bei anderen hatte er Familien gesehen und den Wunsch entwickelt, so etwas auch einmal zu haben. Aber es blieb ein Wunsch, nicht ein innerer Zwang, nicht eine Selbstverständlichkeit. Er konnte, wenn es die Umstände so wollten, ohne Kinder auskommen. Verwandtschaft, die auf Nachwuchs drängte, gab es auch nicht.

Das Wichtigste jedoch: Er liebte Susanne über alles. Wenn sie keine Kinder wollte, würde er sich danach richten. Sie wollten doch miteinander glücklich werden! Da konnte nicht einer seine Wünsche gegen den Willen des anderen durchsetzen. Er hatte sich geschworen, alles zu tun, damit sie glücklich würde, und diesen Schwur gedachte er zu halten.

Ein Strahlenunfall

Michael und Susanne arbeiteten beide als Physiker in einem Strahlenlabor. Es gab einen kleinen Forschungsreaktor in ihrem Institut, zu dem sie Zugang hatten. Natürlich galten strenge Sicherheitsvorschriften im Zusammenhang mit dem Reaktor, aber bei wissenschaftlichen Experimenten ließ sich nun einmal nicht alles vorhersehen.

Durch verschiedene Umstände, zu denen letztlich auch menschliches Versagen gehörte, kam es eines Tages zu einer Knallgas-Explosion im Reaktor, wodurch dessen oberer Teil abgesprengt wurde. Große Mengen von radioaktiven Spaltprodukten entwichen schlagartig. Michael arbeitete gerade in dem Raum, wurde von den Trümmern der Explosion getroffen und verlor das Bewusstsein. Susanne, die die Situation sofort erfasst hatte, zögerte keine Sekunde und stürzte in den verseuchten Raum. Mit Kräften, wie nur die Liebe sie verleihen kann, zog die zierliche, aber sportliche Frau ihren Michael heraus. Beide hatten nun hohe Strahlendosen abbekommen und mussten dekontaminiert werden. Hätte Michael länger dort drinnen gelegen, wäre seine Dosis tödlich gewesen. Susanne hatte ihm das Leben gerettet und dabei ihr eigenes aufs Spiel gesetzt. Für beide galt jetzt: Die hohe Strahlendosis konnte Langzeitfolgen nach sich ziehen, die vorläufig noch nicht abzusehen waren.

Bei Strahlenschäden im Körper ist es wie bei einem Lotteriespiel. Man kann Glück haben oder Pech. Michael hatte Glück, Susanne Pech. Das wussten sie zu dem Zeitpunkt natürlich noch nicht. Sie kannten jedoch die Gefahr und nahmen die entsprechenden Vorsorgeuntersuchungen regelmäßig wahr.

Bei einer MRT-Untersuchung des Kopfes wurde schließlich bei Susanne ein Hirntumor diagnostiziert. Er war noch klein, lag aber an einer unzugänglichen Stelle. Operativ ging da nichts. Man würde es mit

Chemotherapie und Bestrahlung versuchen.

Das Wachstum des Tumors ließ sich nicht vorhersagen, also auch nicht, wieviel Zeit der Patientin noch blieb. Vorerst hatte sie keinerlei Beschwerden bis auf die Nebenwirkungen der Therapie Daher lautete der Ratschlag an die Patientin, sich so weit wie möglich zu schonen.

Das Problem

Susanne schrie laut auf. Ihr Mann Michael kam herbeigerannt. Sie keuchte vor Schmerz – schreckliche Kopfschmerzen! Michael kannte das. Diese Anfälle kamen jetzt immer öfter: heftig und ohne Vorwarnung. Michael gab ihr zwei Schmerztabletten. Sie halfen nur mäßig. Es wurde immer klarer: Der Tumor hatte sich weiterentwickelt. Sie mussten mehr tun als bisher.

Weitere Spezialisten wurden eingeschaltet. Die örtlichen Neurochirurgen hielten den Tumor nach heutigen Maßstäben für inoperabel. Allerdings teilte man ihr mit, dass es in den USA Arbeitsgruppen gäbe, die auf diesem Gebiet schon weiter wären.

Michael und Susanne nahmen mit diesen renommierten Instituten Kontakt auf und erfuhren, dass die dortigen Koryphäen einen Eingriff für möglich hielten. Allerdings wäre die Behandlung in diesen Spezialkliniken sehr teuer, zu teuer für Michael und Susanne. Leider ist unser globales Gesundheitswesen noch nicht so weit entwickelt, dass einem Menschen in so einer Situation geholfen wird. Die Patientin wurde ihrem Schicksal überlassen.

Michael nahm Susanne in den Arm. Ihre langen, leicht gewellten blonden Haare flossen über seine Schultern. Darüber erhoben sich seine schwarzen Locken. Ein schönes Bild und doch so schmerzensreich. Seine markanten Züge waren von Mitgefühl erweicht, ihre sanften blauen Augen tränten vor Schmerz. Er konnte nicht viel mehr tun, als ihr ab und zu eine Schmerzspritze zu geben und ihre Hand zu halten. Das half.

So oft er konnte, hielt er sie einfach nur fest und versuchte, ihr Mut zu machen.

„Wir werden einen Weg finden", redete er ihr gut zu und war wild entschlossen, eine Möglichkeit zu finden.

„Danke, mein Liebster", gab Susanne zurück, obwohl sie selbst kaum noch an Rettung glaubte.

In ihrer Verzweiflung erzählten sie ihren Freunden von ihrem Problem. Einer meinte, wenn alles nicht mehr hülfe, könne man immer noch zur schwarzen Madonna in Altötting pilgern. Susanne hatte eine katholische Erziehung genossen und fasste Hoffnung. Michael erklärte sich bereit, sie dorthin zu begleiten.

Sie betraten gemeinsam die Gnadenkapelle und beteten eine Stunde vor der Heiligenfigur. Danach fragte Michael Susanne, ob sie etwas dabei gespürt habe. Susanne erklärte traurig, dass sie keinerlei derartige Erfahrung gemacht habe, aber trotzdem hoffe, dass ihre Gebete erhört werden würden.

Vom medizinischen Standpunkt trat leider keine Besserung ein. Trotzdem hatte Susanne etwas Kraft getankt und sagte sich, dass ein Wirken der Madonna nicht immer offensichtlich sein müsse. Manchmal träte eine Heilung wohl erst später ein, wollte sie glauben, und dann in einer Weise, die nicht unmittelbar mit der Bitte in Verbindung gebracht werden würde. Trotzdem könne ihr vielleicht geholfen werden. Darauf setzte sie vorerst ihre Hoffnung.

Für den Augenblick blieb der Tumor präsent und wuchs weiter.

Michael verstieg sich zu abwegigen Gedanken: Wenn der Himmel nicht helfen würde, sollte er vielleicht die dunklen Mächte anrufen? So viel Böses gab es auf der Welt! Vielleicht könnte er von der Macht des Bösen profitieren? Er hatte von der Beschwörung dunkler Mächte gehört, die von esoterischen Gruppen praktiziert wurde. Es sollte nicht schwer sein, mit diesen Leuten Kontakt aufzunehmen und sie um Rat zu bitten. Vorsichtig sprach er mit Susanne darüber und die lehnte strikt ab. Von bösen Geistern wollte sie nicht geheilt werden. Lieber würde sie in Frieden sterben. Michael ließ von den dunklen Gedanken wieder ab. Dass er überhaupt darüber nachgedacht hatte, zeigt, für wie aussichtslos er seine Lage hielt.

Auf der Suche nach einem rettenden Strohhalm stieß Michael auf eine Risikolebensversicherung, die er vor einiger Zeit zu Susannes Gunsten abgeschlossen hatte. Wenn sie fällig würde, könnten sie davon die Operation bezahlen. Sie würde allerdings erst bei Michaels Tod fällig werden und Michael strotzte nur so vor Gesundheit. So erfreulich die Gesundheit eigentlich ist, in dieser Situation hätte sich Michael fast etwas anderes gewünscht.

Der Zeitwert der Versicherung war kaum der Rede wert, nur sein Tod konnte helfen. Aber Selbstmord kam nicht in Frage. Entsprechende Klauseln im Versicherungsvertrag schlossen in diesem Fall die Zahlung aus.

Was also tun? Er fragte seinen alten Freund Gerhard. Der hätte gern geholfen, hatte aber auch nicht genug Geld.

„Dann hilf mir durch eine Tat", schlug Michael vor.

„Wie das?"

„Bring mich um! Dann zahlt die Versicherung."

„Nur wenn es klar als Mord durchgeht und nicht als Versicherungsbetrug erkennbar ist. Dafür müsste ich ein anderes Motiv als die Geldbeschaffung vorweisen können."

„Wir stellen es so hin, als ob du eine Affäre mit Susanne hättest und mit ihr ein neues Leben beginnen möchtest."

„Ja, im Gefängnis", lachte Gerhard.

„Wir müssten es als eine Tat der Leidenschaft verkaufen. Das könnte glaubhaft wirken. Was die Konsequenzen für dich betrifft: Du könntest untertauchen, bis Susanne geheilt ist. Dann kannst du dich stellen und einen Brief präsentieren, den ich bei einem Anwalt hinterlegen werde. Darin erkläre ich, dass du auf mein Verlangen gehandelt hast. Bei Tötung auf Verlangen kommst du vielleicht mit einer Bewährungsstrafe davon."

Sie machten Pläne im Detail. Michael, Gerhard und Susanne würden in einem Restaurant zu Abend essen. Ein Streit um Susanne sollte vorgetäuscht werden und Gerhard sollte Michael mit einem Steakmesser erstechen. Das Eifersuchtsdrama würde vor der Polizei Bestand haben, da Gerhard offiziell als Single galt. Er könnte sich daher in Susanne verliebt haben.

Heimlich hatte Gerhard zwar eine Affäre mit seiner Sekretärin Jessica, hielt diese aber bislang streng geheim.

Also: Tod durch Erstechen sollte es sein. Damit es nicht zu schmerzhaft würde, sollte Michael vorher kräftig dem Wodka zusprechen. Anders ging es nicht. Analgetika fielen aus. Sie würden bei der Autopsie gefunden werden und den Todesstoß als geplant erkennen lassen. Dadurch würde der ganze Plan auffliegen.

Gerhard würde beim Wodka mithalten, damit es nicht auffiele und er außerdem enthemmter für die Tat sein würde.

Susanne musste eingeweiht werden. Ohne sie ging es nicht. Sie sollte mitspielen. Daran drohte es jedoch zu scheitern. Susanne wollte partout nicht, dass Michael sein Leben für sie opferte. Sie regte sich furchtbar auf. Michael redete mit Engelszungen auf sie ein:

„Beruhige dich! Es wäre das Beste für uns alle. Du bist krank geworden, weil du mich gerettet hast. Das ist ungerecht! Gerecht wäre es nun, wenn du lebst und ich sterbe. Sowieso: Ohne dich möchte ich nicht leben. Aber wenn ich stürbe, könntest wenigstens du weiterleben. Ich würde alles für dich tun. Lass mich dies Eine noch tun! Es würde mich glücklich machen."

Männer sind schnell bei der Hand mit Lösungen, seien sie auch noch so gewalttätig. Sie wollen die Dinge übers Knie brechen. Frauen versuchen, Beständigkeit ins Leben zu bringen, die Wirrnisse des Lebens zu ertragen, die Wogen zu glätten. Dazu würde in diesem Fall gehören, ihrem Mann, wenn sie ihn nicht umstimmen könnte, bei seinen Plänen zu folgen, sich zu fügen.

Es kostete Michael dennoch einige Zeit und Mühe, sie zu überreden. Nur so könne er seinem Leben einen Sinn geben, behauptete er. Er würde sich sonst umbringen, aber dann wäre sein Tod sinnlos und Susanne würde keinen Cent von der Versicherung erhalten.

Sie besprachen gemeinsam alle Details und beschlossen, die Show in einem bekannten Steakhouse am Abend durchzuziehen.

Sie erschienen dort zu dritt. Das Restaurant war gut besucht. Günstig. Jede Menge Zeugen. Als sie mit dem Essen fertig waren und genügend Alkohol konsumiert hatten, wurden sie laut und spielten dem Publikum ein Eifersuchtsdrama vor. Michael rief:

„Lass deine Hände von Susanne!"

Gerhard schrie:

„Niemals! Ich liebe sie. Gib sie frei für mich!", worauf Michael ihm entgegenschleuderte:

„Nur über meine Leiche!"

„Das kannst du haben", erwiderte Gerhard, ergriff ein Steakmesser und stürzte sich auf Michael. Er wollte ihm die Klinge in die Brust rammen, zögerte aber in letzter Sekunde, als er in Michaels schreckgeweitete Augen sah. Dazu ein spitzer Schrei von Susanne. Darauf war er nicht gefasst. Warum das? Woher der Schrecken? Sie hatten doch alles besprochen!

Aber so ist das nun einmal: Die Wirklichkeit ist dann doch etwas anderes als ein Plan. Wenn der Tod wirklich bevorsteht, kann einen unvorhergesehene Angst befallen. Ein nur zu menschlicher Instinkt.

So drang das Messer nur millimetertief in Michaels Brust ein. Gerhard riss sich zusammen und erhob es noch einmal, um ein zweites Mal zuzustechen, brach dann aber in sich zusammen.

„Ich kann das nicht", schluchzte er und ließ sich ohne Widerstand von der inzwischen herbeigerufenen Polizei abführen.

Der Vorfall hatte keine juristischen Konsequenzen, da Michael keine Anzeige erstattete. Er gab zu Protokoll, dass das Geschehen dem Alkohol zuzuschreiben wäre und dass er seinem Freund vergäbe. Gerhard wurde wieder auf freien Fuß gesetzt. Aufgenommen hatten die Beamten das Geschehene trotzdem. Es musste alles seine Ordnung haben. Außerdem würde eine saftige Rechnung für den Einsatz fällig werden. Die würde Gerhard per Post erhalten. Damit zogen die Beamten wieder ab.

Kurz darauf wurde Michaels Leiche aufgefunden. Die Kriminalpolizei ermittelte.

Was war geschehen?

Erste Ermittlungen

Kommissar Tellerbruch wunderte sich.

Der Kopf des Toten war regelrecht von der Schrottpresse zerquetscht worden. Da gab es auf den ersten Blick nicht mehr zu viel zu sehen. Mord, Unfall oder Selbstmord? Nein, Selbstmord schien unwahrscheinlich. Der Tote dürfte dieses Kunststück kaum selbst bewerkstelligt haben. Das sprach auch gegen einen Unfall. Nach der Autopsie würde man mehr sagen können.

Also wahrscheinlich Mord. Einen Toten so zu hinterlassen, sprach für professionelle Täter. Vielleicht die Mafia? Aber was hatte so ein Mann mit der Mafia zu tun. Ein Büro-Typ, eher unauffällig, kein großes Tier, aber ein solider Mittelständler. Das passte nicht. Spielschulden vielleicht? Er würde ihn durchleuchten lassen müssen. Wozu hatte er eine Assistentin?

„Frau Kluge, versuchen Sie doch bitte, alles über das Opfer in Erfahrung zu bringen, was Sie finden können!", wies er sie an.

Schnell hatten sie Michael Grundbaum anhand seiner Papiere identifiziert. Seiner Frau teilten sie schonend die Nachricht von seinem Tod mit. Sie reagierte ruhig und gefasst. Das gab es und es machte sie noch nicht verdächtig. Kommissar Tellerbruch hatte ein Gespür für so etwas. Trotzdem schien ihm da noch einiges mehr zu sein. Er konnte es nicht so recht festnageln. Ein stummer Vorwurf vielleicht? Aber was konnte sie ihrem Mann vorwerfen? Dann beim Anblick der Leiche eine Art Erleichterung. Das verstand er nun gar nicht. Es würde passen, wenn sie einen Liebhaber hätte, für den sie nun frei wäre. Das müsste überprüft werden. Oder aber sie liebte ihren Mann und die Leiche wäre jemand anders. Was ergäbe das für einen Sinn? Außerdem hatte auch sein bester Freund Gerhard den Toten identifiziert.

Frau Kluge durchleuchtete Michael Grundbaums Vergangenheit. Was sie natürlich schnell fand, war Gerhards tätlicher Angriff auf Michael.

„Da haben wir doch etwas", rief der Kommissar, als sie ihn informierte. „Laden Sie den mal vor!"

Gesagt, getan. Sie konfrontierten Gerhard direkt mit dem Verdacht, seinen Angriff auf Michael wiederholt zu haben, mit einer ähnlichen Waffe, einem Messer, und diesmal tödlichem Ausgang. Es würde auch zu Susannes Reaktion bei der Identifizierung passen. Sie könnte mit im Boot gewesen sein.

Gerhard wies den Verdacht weit von sich:

„Ich habe schon einmal bei dem Versuch versagt, ihn umzubringen. Ich könnte es nicht" wandte er ein. Dass der Angriff im Restaurant nur eine Show gewesen war, erwähnte er nicht. Das brauchte die Polizei nicht zu wissen.

Susanne, die getrennt befragt wurde, blieb ebenfalls bei der bisher abgesprochenen Version.

Gegen Gerhards Täterschaft sprach, dass er keine Reaktion auf den Vorwurf der Verwendung eines Messers als Tatwaffe gezeigt hatte. Das konnte bedeuten, dass er tatsächlich glaubte, das Opfer sei mit einem Messer getötet worden. So war es aber nicht. Bei der Autopsie waren bisher keine Spuren eines Messerstichs gefunden worden.

Zumindest hatte also Gerhard kein Täterwissen offenbart. Es wäre ja auch zu schön für die Ermittler gewesen, wenn er gesagt hätte:

„Wieso Messer? Er ist doch gar nicht erstochen worden!"

Den Gefallen hatte er ihnen nun nicht getan. Aus dem Kreis der Verdächtigen konnte man ihn deswegen trotzdem noch nicht ausschließen.

Ein Problem blieb: Gerhard konnte kein Alibi beibringen. Dazu verweigerte er die Aussage. Der Grund: Er war zur Tatzeit mit Jessica, seiner Sekretärin und Geliebten, in deren Wohnung zusammen gewesen. Dieses Geheimnis wollte er jedoch nicht preisgeben, zum einen, weil er nicht wollte, dass ihr Verhältnis irgendwie doch in der Firma bekannt würde, zum anderen, weil er damit die bisher noch aufrechterhaltene Version der Ereignisse im Restaurant in Frage gestellt hätte.

Pech für ihn. Er blieb verdächtig.

Kommissar Tellerbruch hatte ihn jetzt auf dem Kieker. Eine Hausdurchsuchung wurde bei ihm durchgeführt, um weitere Hinweise oder gar eine Tatwaffe zu finden. Ohne Ergebnis.

Eine Leiche

Philip wusste nicht mehr ein und aus. Wieder hatte er beim Spiel alles verloren. Dabei war er hierhergekommen, in dieses illegale Casino von Herrn Babano, um Geld zu gewinnen, das er dringend benötigte. Er war mit den Hypothekenzahlungen für sein Haus schon lange im Verzug. Die Bank hatte ihm ein Ultimatum gestellt. Wenn er bis zum Monatsende nicht gezahlt hätte, ginge das Haus in die Zwangsversteigerung. Und was sollte dann aus seiner Familie werden?

Wilde Verzweiflung packte ihn und schüttelte ihn durch. So viel Pech wie er konnte man doch gar nicht haben. Er hatte immer wieder auf die 27 gesetzt, seine Glückszahl, und sie war nicht einmal gefallen. Mit dem Roulettetisch des Casinos musste etwas nicht stimmen. Wahrscheinlich bremsten sie die Scheibe. Diese Gauner! Das sollten sie büßen! Er würde sich sein Geld zurückholen. Wenn es nicht im Spiel ging, dann eben auf andere Weise.

Er kannte inzwischen einige der Leute, die hier spielten, darunter auch einen gewissen Manni, der mit allerlei illegalen Dingen handelte. Diesen Manni sprach er nun an und fragte nach einer Waffe.

Manni versprach, sich darum zu kümmern, und am nächsten Abend verkaufte er ihm in einer abgelegenen Ecke eine Makarow samt passender Munition.

Dann kaufte Philip sich in der nächsten Apotheke eine Chirurgen-Maske und am darauffolgenden Abend besuchte er wieder das Casino. Er verschwand auf der Toilette, zog die Maske über und ging dann schnurstracks zur Kasse. Dort zog er die Pistole heraus und verlangte alles Geld, was da war. Dann ergriff er die Flucht. Sie jagten ihm einige Kugeln hinterher, ohne zu treffen, und er schoss zurück. Er hatte sein Auto im Halteverbot vor der Tür geparkt, sprang hinein und war weg. Damit hatte er sie überrumpelt. So schnell kamen sie ihm nicht hinterher. Darauf waren sie auch nicht gefasst: dass jemand die Mafia beraubt! Der musste doch lebensmüde sein!

Es musste tatsächlich als leichtsinnig bezeichnet werden, einen Überfall so dilettantisch durchzuführen. Er hatte sein Glück wieder einmal überstrapaziert. Seine Verkleidung konnte seine Identität kaum verbergen. Noch dazu an einem Ort, wo man ihn kannte. Die Maske hätte er sich sparen können. Man hatte ihn trotzdem erkannt. Luigi, der Killer, wurde auf ihn angesetzt.

Keine 24 Stunden später war Philip tot. Kopfschuss. Die Leiche wurde auf Eis gelegt. Das machten sie immer so. Es fielen immer mal wieder Leichen in ihrem Geschäft an. Wo gehobelt wird, fallen Späne. Man ließ sie nicht einfach irgendwo liegen. Warum der Polizei Spuren hinterlassen? Man wartete einfach auf eine günstige Gelegenheit zur Entsorgung. Ohne Zeitdruck macht man weniger Fehler.

Ein zweiter Versuch

Nach dem missglückten Mordanschlag hatten Michael und Gerhard sich zusammengesetzt. Lange berieten sie, was zu tun sei. Die Zeit drängte. Susannes Schmerzen nahmen immer weiter zu. Die Anfälle kamen in Etappen und sie würden häufiger werden. Sie mussten ihren Plan schnell in die Tat umsetzen, wenn es noch etwas werden sollte.

Michael versuchte aufs Neue, Gerhard zu überreden. Aber der stellte resigniert fest:

„Ich habe es versucht, aber offensichtlich kann ich dir diesen Gefallen nicht tun."

„Schon gut", versetzte Michael. Ich muss eben jemand anderen finden. Vielleicht einen Auftragsmörder."

„Dann könnten sie den Auftrag womöglich zu dir zurückverfolgen", wandte Gerhard ein.

„Nicht, wenn du den Auftrag erteilst. Da würde das bisherige Mordmotiv greifen."

Das schmeckte wiederum Gerhard nicht: Er schlug vor, ohne Auftrag auszukommen.

„Um einen Mord vorzutäuschen, muss man nicht unbedingt zum Mörder werden", warf er in den Raum. „Mord ist umständlich. Es geht viel einfacher. Man muss nicht extra selbst einen Mord begehen. Es genügt, wenn eine Leiche da ist, die als Michael Grundbaum identifiziert wird. Wir hätten dann einen Mord inszeniert, der gar nicht stattgefunden hat. Es wäre ein Mord ohne Mörder. Damit wäre auch ich aus dem Schneider."

„Du meinst, wir müssen nur eine frische Leiche finden, der wir meine Papiere in die Tasche stecken?"

„Genau. Gesicht und Gebiss müssten wir natürlich zerstören, um die Identifizierung zu erschweren. Dieser Plan hätte noch einen Vorteil: Du könntest am Leben bleiben."

„Ich gebe zu, das wäre ein Vorteil, der mir gelegen käme."

Schon war der Plan akzeptiert. Fehlte nur noch die Durchführung.

Michaels Körpergröße entsprach dem Durchschnitt Er war von normaler Statur, irgendwelche Auffälligkeiten gab es nicht. Es sollte nicht schwer sein, eine geeignete Leiche zu finden.

Sie suchten Kontakt zur örtlichen Mafia. Bei denen gab es öfter mal Leichen. Vielleicht könnte man sich da auf einen Deal einigen.

Michael nahm den Kontakt auf. Die Herrschaften waren bereit zu einem Geschäft. Man ließ ihn sogar zum Boss vor, Herrn Babano.

Ein elegant gekleideter Herr fortgeschrittenen Alters begrüßte ihn freundlich, lud ihn ein, sich zu setzen und ließ ihn sein Anliegen vorbringen.

Dann räusperte er sich und sagte:

„Natürlich tun wir nichts, was nicht moralisch gerechtfertigt wäre, um das gleich klarzustellen. Aber Ihr Anliegen rührt mich und es würde keine Armen schädigen. Wir haben viele Kontakte und könnten ihnen weiterhelfen."

Dann wollte er alle Einzelheiten wissen, natürlich auch Michaels wahre Personalien. Mitwisserschaft gegen Mitwisserschaft. Das wäre prinzipiell in Ordnung, dachte sich Michael, wenn sich nicht mehr daraus entwickeln würde. Eine Wahl hatte er sowieso nicht. Kosten würde ihn der Spaß allerdings schon einiges. Er dachte jedoch, wenn die Versicherung erst einmal gezahlt hätte, würde auch er die fällige Zahlung an Herrn Babano leisten können. Die ehrenwerte Gesellschaft war mit diesen Zahlungsbedingungen einverstanden und der Deal stand. Herr Babano persönlich schloss ihn mit ihm ab. Jetzt gab es kein Zurück mehr.

Ein Toter stand tatsächlich schon zur Verfügung. Es war dieser Philip, den Luigi hatte liquidieren müssen. Davon erfuhr Michael nichts und er wollte auch gar nichts darüber wissen.

Die Beseitigung der Leiche hatte sich seinerzeit verzögert. So fügte sich eins zum anderen. Die Körpergröße passte ungefähr. So genau würde man es sowieso nicht wissen, wenn der Kopf fehlte. Den Kopf zu zerstören, gehörte mit zum Plan.

Sie tauten den Toten auf, brachten ihn in Michaels Wohnung, schoben ihm Michaels Papiere in die Tasche und nahmen DNA-relevante Proben von Haar und Haut. Diese platzierten sie in Michaels Wohn-, Schlaf- und Badezimmer, nachdem sie in der ganzen Wohnung sämtliche Spuren Michaels beseitigt hatten. Dann patschen sie die Finger des Toten auf alle möglichen Orte in der Wohnung, um seine Fingerabdrücke zu hinterlassen. Damit wollten sie falsche Spuren legen, falls die Identität der Leiche später noch genauer überprüft werden sollte. Schließlich arrangierten sie die Leiche auf einem Schrottplatz so, dass sie in der Schrottpresse ums Leben gekommen zu sein schien. Der Kopf wurde völlig zerquetscht. Wie es dazu gekommen sein sollte, wussten sie nicht. Darüber sollte die Polizei sich Gedanken machen. Das war der eine Teil der Aktion.

Der andere Teil bestand daraus, Michael selbst verschwinden zu lassen. Er bekam gefälschte Papiere mit einem anderen Namen, verkleidete sich, achtete darauf, möglichst von niemandem mehr gesehen zu werden, der ihn erkennen konnte, und versteckte sich. Nach der Zahlung an die Mafia würde er das Land verlassen – Richtung USA, wohin Susanne nachkommen würde. Susanne blieb vorerst. Sie würde ihm folgen, sobald die Operation gebucht wäre. Auch für sie waren passende Papiere besorgt worden, damit sie beide nach der Operation als Ehepaar nach Deutschland zurückkehren könnten.

Weitere Ermittlungen

Das abschließende Ergebnis der Autopsie lag vor. Die Experten hatten tatsächlich in dem Matsch, der vom Kopf übriggeblieben war, die Überreste des Projektils gefunden, das ihn getötet hatte. Viel sagten die Reste nicht aus, aber die Legierung wies auf eine Munition hin, die von der Mafia gern benutzt wurde. Hatten die ihn erschossen?

Wenn ja, ergab sich als Schlussfolgerung, dass der Kopf post mortem zerquetscht worden war. Die Zeit, die zwischen dem eigentlichen Mord und der späteren Zerstörung des Kopfes lag, ließ sich nicht genau ermitteln. Kein Wunder, da die Leiche ja zwischenzeitlich tiefgefroren gewesen war.

Das Mord-Szenario würde implizieren, dass der oder die Täter im Nachhinein die Identität des Opfers verschleiern wollten. Aber warum hatten sie ihm dann seine

Ausweispapiere gelassen? Zuerst glaubte Kommissar Tellerbruch, der Täter – er hielt immer noch Gerhard dafür – hätte sein Motiv verschleiern wollen und sei als Anfänger einfach nur zu schlampig gewesen, die Papiere auch zu beseitigen.

Auf jeden Fall musste die Identität des Opfers noch auf unabhängige Weise bestätigt werden. Sie nahmen DNA-Proben und Fingerabdrücke vom Toten und verglichen sie mit Proben aus Michael Grundbaums Wohnung. Völlige Übereinstimmung. Nachdem das geklärt war, blieb die Frage, warum der Kopf zerstört worden war.

Schließlich ging dem Kommissar ein Licht auf. Wenn die Mafia ihn getötet hatte, wollte sie vielleicht mit der Verstümmelung der Leiche eine Botschaft an Konkurrenten aussenden: Wer uns in die Quere kommt, verliert seinen Kopf!

Nicht sehr schlüssig, ohne die Hintergründe zu kennen. Die Legierung des Geschosses dürfte als Indiz nicht ausreichen. Er musste weitergraben. Doch da biss er auf Granit. Die Polizei hatte zwar ihre verdeckten Ermittler im Milieu, aber die wussten auch nicht viel zu berichten. Das braucht den Leser nicht zu verwundern. Michael Grundbaum hatte den Kontakt zu den Bossen seinerzeit in Verkleidung aufgenommen und auch zunächst seinen richtigen Namen nicht genannt. Und offenbar waren auch nur wenige zuverlässige Leute eingeweiht gewesen und kannten seine Identität. Hier kam die Polizei nicht weiter.

Es ließ sich keine Verbindung von Michael Grundbaum zur Mafia nachweisen.

Für Kommissar Tellerbruch fehlte das Motiv. Also suchte er weiter, ermittelte in alle Richtungen. Als Nächstes stieß er auf die gewaltige Lebensversicherung des Toten. Daraus ließe sich ein Motiv für die begünstigte Ehefrau ableiten. Er verhörte Susanne Grundbaum intensiv, durchleuchtete ihr Leben. Eine gewisse Geldknappheit zeichnete sich ab. Das Motiv wurde immer klarer.

Allerdings hatte Herrn Tellerbruchs Assistentin, Frau Kluge, inzwischen herausbekommen, wie krank Susanne war. Von der Behandlungsmöglichkeit in den USA wusste sie indes nichts. Die tödliche Krankheit sprach gegen ihre Täterschaft. Warum sollte sie für nur ein paar Monate Glück ihren Mann töten?

In der Tat hatte sich mittlerweile das Krankheitsbild verschlimmert. Der Tumor hatte sich ausgebreitet und die Schmerzen waren permanent geworden. Sie ließen sich nur mit schweren Schmerzmitteln ertragen. Das erfuhr die Polizei von Susannes Ärzten.

Die gesundheitliche Situation sprach gegen Susanne als Täterin. Außerdem wäre es für eine einzelne zierliche Frau physisch kaum möglich gewesen, den schweren Mann zur Schrottpresse zu schleppen und in der vorgefundenen Weise zu platzieren. Mindestens zwei Personen hätte man dafür gebraucht. Die Verdächtige musste einen Komplizen gehabt haben. Hier fiel Kommissar Tellerbruchs Verdacht automatisch wieder einmal auf Gerhard. Auch wenn es keine direkten Zeugnisse einer Affäre mit

Susanne gab, so sprachen doch die Ereignisse im Steakhaus eine klare Sprache.

Daher wurde Gerhard noch einmal verhört. Als er merkte, dass sich die Schlinge um Susanne zusammenzuziehen drohte, beschloss er, die Schuld allein auf sich zu nehmen. Er gestand, den Mord begangen zu haben.

Der Kommissar war über das plötzliche Geständnis überrascht, aber froh, endlich doch noch einen Erfolg verbuchen zu können. Einem geschenkten Gaul schaut man nicht ins Maul und er brauchte endlich einen Erfolg. Eine Tatbeteiligung Susannes würde er nie nachweisen können, das wusste er. Und selbst wenn er es schaffen sollte: Was für einen Sinn hätte es gehabt, die todkranke Frau noch ins Gefängnis zu stecken?

Und überhaupt: Er war von Anfang an hinter Gerhard Zweig her gewesen. Jetzt hatte er gewonnen.

Der Kommissar zu Hause

Kommissar Tellerbruch lehnte sich gemächlich zurück. Das Abendessen hatte ihm vorzüglich geschmeckt und er hatte seine Frau dafür gelobt. Nun wollte er ein wenig über seine Arbeit schwadronieren.

„Du weißt ja, Elise, ich bin ein bescheidener Mensch. Aber diesmal muss ich mich selbst loben. Ich hatte von Anfang an die richtige Nase. Dieser Gerhard Zweig war mir gleich verdächtig vorgekommen. Zunächst nur ein Bauchgefühl. Aber er war schwer zu überführen. Ich habe geduldig alle Indizien gesammelt, bis ich sicher war. Und siehe da: Heute hat er gestanden. Ich hatte richtig gelegen."

Tatsächlich: Elise, seine Frau, kannte ihn nur zu gut. Sie wusste, wie frustriert er jeden Tag von der Arbeit nach Hause kam und verwöhnte ihn dann nach Strich und Faden.

Sein Alltag als Kommissar verlief nun wahrhaftig nicht wie im Fernsehen. Die wenigsten Verbrechen konnte er aufklären und bei jedem Scheitern wurde er von seinem Chef niedergemacht. Auch von den Menschen, die er befragen musste, wurde er nicht richtig respektiert. Sie empfanden ihn meist als lästig und trauten ihm die Lösung des Falls nicht zu. Umso schlimmer, wenn sie dann auch noch recht behielten. Manchmal hatte er wirklich keine Lust mehr.

Er freute sich auf seinen Ruhestand. Er konnte ja seinen Sohn unterstützen, der auch bei der Polizei angefangen hatte. Er glaubte, ihm wertvolle Ratschläge geben zu können. So hatte er sich das jedenfalls vorgestellt. Nur kam es nicht dazu. Der Sohnemann ließ sich als Erwachsener nicht in seine Arbeit hineinreden, wollte sein eigenes Leben führen.

Das hätte man nachvollziehen können, aber es erschien dem Vater unlogisch. Wie konnte man von seinem reichhaltigen Erfahrungsschatz nicht profitieren wollen?!

Nun gut, er musste es akzeptieren. Da würde es im Ruhestand langweilig werden.

Sei's drum. Wenn man so oft wie er auf den Straßen ist und so oft Überstunden schieben muss, weil Not am Mann ist, freut man sich auf die Zeit, da man ungestört zu Hause sitzen kann. Bis dahin hieß es: Zähne zusammenbeißen!

Aber heute war ein guter Tag gewesen.

Elise spürte das und strich ihm Honig ums Maul:

„Natürlich, mein Bärchen, hast du wie immer richtig gelegen. Du hast doch immer recht."

„Na ja, nicht immer, aber doch recht oft", zierte sich der Kommissar. „Gerade kürzlich habe ich Frau Kluge mitteilen können, dass unsere Aufklärungsrate eine der besten bundesweit ist. Sie hat sich sehr gefreut. Ich habe ihr das Gefühl gegeben, auch etwas dazu beigetragen zu haben, selbst wenn es im Großen und Ganzen meine Leistung war."

„Du bist so bescheiden, mein Bärchen.

„Ich weiß, Elise, ich weiß."

Die Mühlen der Justiz

So schien nun alles erledigt zu sein: Gerhard hatte gestanden und Susanne konnte man nichts nachweisen.

Daher wurde Susannes Beteiligung nicht weiterverfolgt und Gerhard angeklagt. Jetzt ging es vor Gericht. Die Mühlen der Justiz mahlen langsam.

In erster Instanz wurde die Beweislage als zu dünn angesehen. Gerhards Anwalt zweifelte das Geständnis an, schob es auf die offen zur Schau getragene Liebe zu Susanne und argumentierte mit „in dubio pro reo". Der Angeklagte kam bis zu einer Revision frei. Die hatte die Staatsanwaltschaft sofort beantragt.

Immerhin, der Mord war nunmehr aktenkundig. Da es keine Hinweise auf Versicherungsbetrug gab, musste die Versicherung endlich zahlen. Kaum dass das Geld auf dem Konto eingegangen war, ging Susanne zur Bank, hob den Betrag für die Mafia bar ab und überwies gleichzeitig den fälligen Betrag für die Behandlung in den USA dorthin. Das Bargeld übergab sie Michael und der erfüllte sofort seine Verpflichtungen gegenüber der Mafia. Das musste schnell erledigt werden; denn die Herrschaften verstanden keinen Spaß.

Zu diesem Zweck traf er heimlich einen ihrer Handlanger und übergab das Geld in einem Koffer. Erledigt. Dann verschwand er wieder von der Bildfläche. Er galt ja nun offiziell als tot. Unter seinem neuen Namen reiste er in die USA, um alles für Susannes Behandlung vorzubereiten.

Um es gleich vorwegzunehmen: In zweiter Instanz wurde Gerhard dann doch verurteilt und musste ins Gefängnis. Wie wir wissen: ein Fehlurteil. Aber man muss einräumen, dass der Beschuldigte selbst viel dazu beigetragen hatte, indem er bei seinem Geständnis blieb. Sein Anwalt hatte versucht, es zu erschüttern und Gerhards Zurechnungsfähigkeit in Frage gestellt. Ein gerichtliches psychiatrisches Gutachten hatte ihm jedoch geistige Gesundheit bescheinigt.

Der Einbruch

Susanne hatte Michael zum Abflug zum Flughafen begleitet. Als sie zurück nach Hause kam, erwartete sie ein Schock. Ein Wirbelsturm musste durch die Wohnung gerast sein. Alles umgeworfen und zerwühlt. Das dürfte ein Einbruch gewesen sein. Sie wäre fast in Ohnmacht gefallen, traute sich kaum in die Wohnung, griff nach ihrem Handy und versuchte, Michael anzurufen. Natürlich erreichte sie ihn nicht. Er war noch in der Luft. Also rief sie die Polizei an. Die versprachen, jemanden vorbeizuschicken.

Hilflos saß Susanne in dem Chaos.

Viel war nicht zu holen gewesen, aber eindeutig hatten die Einbrecher etwas gesucht. Das Geld aus der Versicherung? Der größte Teil war überwiesen und der Rest lag auf dem Konto. Die Mafia hatte von dem Geld gewusst und einen großen Teil daraus bar erhalten. Es wäre möglich, dass sie gehofft hatten, auch den Rest bar in der Wohnung vorzufinden.

Noch einmal versuchte Susanne, Michael zu erreichen. Diesmal gelang es. Sie erzählte ihm alles.

„Das war die Mafia", entfuhr es ihm reflexartig. Susanne musste ihm rechtgeben. Zu unwahrscheinlich wäre das Zusammentreffen der Zahlung mit einem zufälligen normalen Einbruch gewesen.

„Das mit der Überweisung sollten wir aber vorläufig für uns behalten", mahnte Michael. „Die Polizei könnte uns sonst auf die Spur kommen."

Soweit alles klar.

Die Polizei war dann auch bald vor Ort. Sie sahen sich alles an und recherchierten Namen und Adresse der Geschädigten. Dann klickte es sofort bei ihnen. Es könnte einen Zusammenhang mit Michaels kürzlicher Ermordung geben. Solange sich das nicht ausschließen ließ, würde Kommissar Tellerbruch den Fall übernehmen.

Dieser hatte auch sofort seinen üblichen Verdächtigen im Visier: Gerhard Zweig. Auf den hatte er sich eingeschossen. Tellerbruchs Theorie war simpel: Gerhard hätte durch seinen Kontakt mit Susanne von der Versicherungssumme gewusst und sie für sich haben wollen. So weit, so falsch.

Der Verdacht wurde jedoch dadurch erhärtet, dass Gerhard wieder einmal kein Alibi vorweisen konnte. Wieder war er bei Jessica. Der Kommissar hatte sich verrannt und bohrte noch eine Weile nach, konnte aber nichts nachweisen. Zu seinem Ärger landete der Fall schließlich bei den Akten. Frustrierend für den Kommissar.

Um es gleich an dieser Stelle zu sagen: Sehr viel später würde einer der Handlanger der Mafia im Rahmen eines Deals mit der Staatsanwaltschaft gestehen, dass er an dem Einbruch beteiligt gewesen war. Aber soweit war man derzeit nicht. Zunächst wusste niemand etwas von einer Beteiligung der Mafia.

Für Michael und Susanne war es von vornherein offensichtlich gewesen, dass die Mafia dahintersteckte. Langsam wurde ihnen klar, mit was für Leuten sie sich da so blauäugig eingelassen hatten. Man sollte sich schon sehr genau überlegen, wen man um einen Gefallen bittet. Sie würden in Zukunft vorsichtiger sein müssen.

Die Operation

Ich weiß: Versicherungsbetrug ist unmoralisch. So sollte die Geschichte nicht enden und so endet sie nicht.

Wer will aber der schwerkranken Susanne missgönnen, dass sie auf diese Weise geheilt werden könnte? Darum allein ging es doch.

Natürlich kann man einwenden: „Unrecht Gut gedeihet nicht", wie die Bibel in den Sprüchen Salomos sagt. Da ist etwas dran. Das Gewissen steht immer im Weg. Michael wusste das und litt unter seinem Gewissenskonflikt. Er hatte Prioritäten gesetzt, die ihn in die Strafbarkeit geführt hatten. So verspürte er einen Drang, sein Gewissen zu erleichtern. Eine Selbstanzeige? Nein, noch war es dafür zu früh. Erst musste Susanne geheilt werden. Dann würde man weitersehen. Auch an den inhaftierten Gerhard musste er denken.

Man sagt, die Gerechtigkeit setzt sich am Ende immer durch. Wäre es gerecht, Susanne sterben zu lassen? Sie war doch ein Unschuldsengel! Was wäre denn in diesem Fall gerecht?

Wie wäre es, wenn er sich das Geld nur geliehen hätte und später wieder zurückzahlte? Besser, aber immer noch nicht ganz einwandfrei.

Zunächst ging alles seinen Gang. Nachdem die Behandlungskosten nunmehr bezahlt waren, konnte ein Termin gemacht werden. Letzte Vorbereitungen wurden getroffen. Susanne war in die USA geflogen, wo Michael sie schon erwartete.

Es wurde höchste Zeit für Susanne. Die Chemotherapie half bisher wenig und die Bestrahlungen zogen sich quälend in die Länge. Das Schlimmste: Erste Lähmungserscheinungen traten auf. Man gab ihr nur noch wenige Wochen.

Die Mafia, die ihnen bis dahin geholfen hatte, stellte jetzt plötzlich weitergehende Forderungen. Sie waren ihnen in die Staaten gefolgt und behaupteten, zu viel damit zu tun zu haben, die Legende weiterhin zu schützen und aufrechtzuerhalten. Sie wollten dafür bezahlt werden. Und zwar nicht zu knapp.

Diese Leute konnten wohl den Hals nicht vollkriegen. Das war Erpressung! Da würde das Ehepaar bald mit dem Rücken zur Wand stehen. Trotzdem konnten sie sich im Augenblick nicht wehren. Alles würde auffliegen. In wenigen Tagen stand die Operation an. Sie gaben den Gaunern alles, was sie hatten. Das stellte sie für den Augenblick ruhig. Sie kündigten aber an, nach der Operation weitere Zahlungen zu erwarten.

Was sonst sollten sie tun? Sie stimmten erst einmal allem zu, um ein wenig Zeit zu gewinnen.

Durch die Ereignisse hatte sich alles verzögert und sie hatten keine Gewissheit, ob die Behandlung noch rechtzeitig erfolgen würde. Die Schmerzen wurden immer schlimmer. Der Tumor bedrohte weitere Areale des Gehirns, sensible Bereiche, die für die Persönlichkeit entscheidend waren. Es könnte sein, dass bei ungünstigem Verlauf der Operation Susanne nicht mehr sie selbst wäre. Eine schreckliche Vorstellung, die praktisch einem Todesurteil gleichkäme. Es bliebe nur der Körper ohne Persönlichkeit. Was für ein Risiko!

Andererseits gab es keine Alternative zur Operation. Wie waren die Chancen? Die Ärzte wollten keine Prognose wagen.

Dann meldete sich wieder die Mafia. Sie wollten eine weitere Zahlung. Michael hatte kein Geld mehr, versuchte, das klarzumachen. Er biss auf Granit:

„Wenn Sie nicht zahlen, werden wir die Operation sabotieren."

Notgedrungen nahm Michael Schulden auf, um zahlen zu können. Er klaubte zusammen, was er konnte, aber es reichte den Gangstern nicht. Immerhin konnte er sich ein paar Tage Luft verschaffen.

Der Tag der Operation kam. Susanne wurde in den OP-Saal gebracht. Das Team machte sich an die Arbeit.

Michael saß im Wartebereich, während die Operation lief. Es dauerte viele Stunden. Man informierte ihn zwischendurch. Eine Entscheidung war zu treffen. Es musste mehr entfernt werden als gedacht. Ein lebenswichtiges Areal könnte in Mitleidenschaft gezogen werden. Damit bestand akute Lebensgefahr. Michael sollte die Verantwortung übernehmen und eine schriftliche Erklärung unterzeichnen. Er tat es.

Dann wieder warten. Stunde um Stunde.

Nicht einmal hier ließ man ihn unbehelligt. Die Handlanger der Mafia kamen vorbei, um auf ihre Außenstände aufmerksam zu machen. Michael versuchte, sie abzuwimmeln. Sie drohten, den OP-Saal zu betreten und die OP zu stören. Glücklicherweise stand dort Security, die die Herren energisch zum Ausgang geleitete. Für den Augenblick schien die Situation gerettet.

Dann endlich die erlösende Nachricht: Die OP war erfolgreich verlaufen, der Tumor entfernt worden. Die Auswirkungen würden jedoch erst nach dem Aufwachen beurteilt werden können. Michael weinte vor Freude und blieb an Susannes Bett, bis sie aufwachte.

Sie öffnete die Augen, sah Michael an und lächelte. Es schien alles in Ordnung zu sein. Trotzdem fragte er nach:

„Wie geht es dir? Bist du noch du selbst?"

Sie antwortete:

„Danke, mir geht es gut und: ja, ich bin noch ich selbst. Alle anderen waren bereits vergeben."

„Wenn du schon wieder Oscar Wilde zitieren kannst, muss es dir ja gut gehen."

„Oscar Wilde wird der Ausspruch oft fälschlich zugeschrieben. Er ist aber älter."

„Du bist tatsächlich wieder ganz die alte Besserwisserin", jubelte Michael.

Sie lachten befreit und umarmten sich. Die Lähmung war verschwunden. Offenbar eine Frage des Gehirndrucks. Susannes Verkabelung behinderte sie etwas bei der Umarmung, aber sie liebkosten sich, so gut es eben ging.

Susanne galt nun erst einmal als geheilt, musste aber regelmäßig zu Kontrolluntersuchungen, die allerdings auch in Deutschland durchgeführt werden konnten. Dies war der Zeitpunkt, da Michael sich erneut Gedanken um Gerhard machte, der seinetwegen immer noch im Gefängnis saß. Er musste etwas tun.

Die Entwicklung führte tatsächlich dazu, dass er etwas tat, aber er hatte wenig Einfluss darauf. Die Ereignisse nahmen ihm das Heft des Handelns aus der Hand. Die beiden waren unter ihrem neuen Namen nach Deutschland zurückgekehrt. Die Mafia hatte sie auf dem Schirm und ließ nicht locker.

Zwei rabiate Typen erschienen bei ihnen an der Tür und verlangten energisch eine Zahlung. Ihre Schulden bei ihnen sollten sich inzwischen auf 100000 Euro belaufen. Die beiden Kerle, die das Geld von ihnen wollten, sahen nicht aus, als ob sie darüber diskutieren würden. Trotzdem mussten die Tatsachen auf den Tisch.

„Wir haben kein Geld mehr", stieß Michael hervor. „Es ist alles für die OP draufgegangen."

„O.k., wir melden uns", gab einer der beiden zurück und sie verschwanden.

Was? Sollte es so leicht gewesen sein? Kaum zu glauben! Aber sie freuten sich. Bis zum nächsten Morgen. Da lag ein Paket vor ihrer Tür. Anonym.

Es würde ja nicht gleich eine Bombe sein, dachten sie und öffneten es.

Darin befand sich eine Ski-Maske mit Augenschlitz und eine Pistole.

„Um Himmels Willen! Ist die etwa geladen?", japste Susanne und befingerte die Pistole.

Schon hatte sich ein Schuss gelöst. Glücklicherweise traf er nur die Kaffeekanne.

„Leg sie lieber wieder weg", meinte Michael erschrocken. „Sonst verletzt du noch jemanden."

Sie sahen noch einmal in das Paket. Da lag auf dem Boden ein Zettel, auf dem stand:

„Beschafft das Geld!"

„Was soll das nun wieder heißen", fragte Susanne.

„Ist doch klar", antwortete Michael. „Wir sollen das Geld rauben. Banküberfall oder so. Sie wollen dann die Beute."

„Auf keinen Fall! So etwas machen wir nicht!"

Verständliche Reaktion. Klar: Das kam nicht in Frage.

Aber andererseits löste sich damit das Problem mit der Mafia nicht. Was sollten sie also tun?

Ein Banküberfall

Sie würden dem eisernen Griff der Mafia nie mehr entkommen, das erkannten sie jetzt.

Es gab nur einen Ausweg.

Michael würde nicht mehr mitspielen. Schluss damit! Er würde zur Polizei gehen und alles gestehen. Mit dem Gedanken hatte er schon länger gespielt. Jetzt war der richtige Zeitpunkt gekommen.

Also wurde er in der Polizeiinspektion vorstellig. Dort sprach er mit Kommissar Tellerbruch und erzählte ihm die ganze wahre Geschichte. Der konnte es zunächst gar nicht glauben. Sein ganzer schöner Erfolg brach in sich zusammen. Hatte er sich so irren können? Dabei war er sich so sicher gewesen!

Konnte nicht auch dieser angebliche Michael Grundbaum die Unwahrheit sagen? Er versuchte, Unstimmigkeiten zu finden, und fand immer mehr Bestätigungen für die Geschichte. Er weigerte sich, es zu glauben.

Hier haben wir eine Variante des sogenannten Dunning-Kruger-Effekts, der besagt, dass die Menschen desto eher dazu neigen, sich selbst zu überschätzen, je inkompetenter sie sind. Für Kommissar Tellerbruch galt die folgende Variante: Je unfähiger ein Kommissar ist, desto hartnäckiger bleibt er bei seiner Meinung.

Seine Denkfähigkeit hatte der Kommissar indes doch noch nicht ganz verloren und erwies sich letztlich als fähig, seinen Irrtum einzusehen und zu korrigieren. Immerhin. Das kann auch nicht jeder.

Nun also: Die Mafia war involviert! Und er hatte es nicht mitbekommen. Aber es passte alles. Auch Susanne und Gerhard bestätigten die Geschichte.

Das würde er seiner Frau nie erzählen dürfen, dachte sich Kommissar Tellerbruch. Zum einen, weil er sich damit vor Elise blamieren würde, zum anderen, weil es mit der Mafia zu tun hatte. Er wusste ja, wie geschwätzig seine Elise war. Es hatte schon seinen Grund, dass die anderen Hausbewohner ihn mit so viel Ehrerbietung behandelten. Sie erfuhren alle von seinen Heldentaten. Wenn nun irgendetwas über die Mafia durchsickerte, könnte es eine Katastrophe geben. Da neigte selbst er zur Vorsicht.

Alsdann schaltete er das Bundeskriminalamt ein. Hier zeichnete sich ein handfester Schlag gegen die Mafia ab. Wenn Michael als Kronzeuge aussagen würde, könnte man der Mafia den Mord an dem Ersatzopfer nachweisen.

Nachdem die Identität des Opfers nun wieder völlig offen war, wurde erneut ermittelt. Ein Vergleich mit der Liste vermisster Personen führte schließlich auf die richtige Spur und eine DNA-Analyse bestätigte das Ergebnis. Man kam auf jenen Philip Meier, der seinerzeit das Mafia-Casino überfallen hatte und zur Vergeltung getötet worden war. Ein klarer Fall im Nachhinein. Nun konnte der Leiche eine Geschichte zugeordnet werden. Die Täterschaft der Mafia lag auf der Hand.

Man wollte jedoch noch mehr: Wenn Michael den Banküberfall wirklich durchführen würde und der Mafia das Geld übergäbe, hätte man einen weiteren Beweis und könnte außerdem einige der Handlanger auf frischer Tat ertappen.

Also gut, man würde einen Banküberfall fingieren. Eine kleine Filiale einer großen deutschen Bank in einem Vorort wurde ausgewählt, das Personal dort gegen Polizeibeamte in Zivil ausgetauscht und alles vorbereitet.

Als die Schuldeneintreiber der Mafia das nächste Mal bei Michael auftauchten, erzählte er ihnen von seinem Vorhaben, bat aber um ein Fluchtfahrzeug mit Fahrer. Sie sagten es ihm zu und machten einen Termin aus.

Man traf sich – als Wagen hatten sie einen BMW M5 gewählt – und fuhr gemeinsam bei der Bank vor. Michael setzte die Maske auf und stürmte in die Bank. Mit vorgehaltener Waffe trat er an den Kassenschalter und verlangte die Bargeldbestände. Da der Tresor zeitschlossgesichert war, konnte es nur um die offenen Kassenbestände gehen. Das war nicht viel, aber es reichte ihm. Er ließ sich das Geld in eine Tasche packen und stürzte wieder hinaus. Dann ins Auto und weg.

Es lief alles wie vorher besprochen und so gab es keine Probleme. Keiner wurde verletzt. Die Polizei hatte jederzeit alles unter Kontrolle.

Der Gangster hielt ein paar Straßen weiter an, ließ Michael aussteigen und behielt die Tasche mit dem Geld.

„Ein Vergnügen, Geschäfte mit Ihnen zu machen", feixte er noch und fuhr wieder an.

In dem Moment schoss ein schweres Fahrzeug aus einer Querstraße und blockierte das Fluchtfahrzeug. Von hinten kam ein LKW herangerollt und schnitt ihm den Rückweg ab. Michael ging in Deckung. Polizisten sprangen aus den beiden Wagen und bedrohten den Fahrer des Fluchtfahrzeugs mit Maschinenpistolen.

Dieser gab auf und ließ sich widerstandslos festnehmen.

Jetzt hatte man genug Material gesammelt, um gerichtlich gegen die Mafia vorgehen zu können.

Michael würde als Hauptzeuge fungieren. Damit geriet er natürlich in Gefahr. Die Gangster würden versuchen, ihn aus dem Weg zu räumen. Man musste ihn schützen.

Zeugenschutz

Michael wurde ins Zeugenschutzprogramm übernommen, ebenso Susanne und Gerhard, die auch beteiligt waren, und Gerhards Sekretärin Jessica, zu der er sich jetzt endlich öffentlich bekannte und von der er sich nicht trennen wollte. Dann wurde der Prozess vorbereitet.

Die vier bekamen vom Bundeskriminalamt neue Identitäten und mussten alle Brücken zu ihrem bisherigen Leben abbrechen. Das stellte kein großes Problem dar. Michael hatte seine Identität bereits für den Betrug aufgegeben. Gerhard hatte mit seiner Verurteilung seinen Arbeitsplatz verloren und war von der Bildfläche verschwunden. Die beiden Frauen hatten es schwerer, sich aus ihrem Umfeld zu lösen. Ihnen fiel es aber auch leichter, neue Kontakte zu knüpfen.

Ihre bisherige Wohnung konnten sie nun nicht mehr aufsuchen. Die Beamten des

Bundeskriminalamtes wollten sich darum kümmern. Sie taten es auch, aber zu spät in Michaels Fall. Als die Beamten die Wohnung betraten, war sie bereits zerwühlt. Es war das zweite Mal, dass das geschah! Und schlimmer als das erste Mal. Noch dazu völlig überflüssig! Die Gangster hatten wohl nach Spuren von ihnen gesucht und sie nicht gefunden. Die Polizisten machten Fotos von der verwüsteten Wohnung und zeigten sie Michael und Susanne. Die waren entsetzt.

„Da werden wir nicht mehr viel von unseren persönlichen Gegenständen heil wiederbekommen", seufzte Susanne.

„Was willst du? Das ist doch Kunst! Man muss es nur zu würdigen wissen", scherzte Michael. „Wenn wir berühmte Künstler wären, könnten wir die aufgeschlitzten Polstermöbel an ein Museum verkaufen."

Sie hatten Glück im Unglück, dass sie sich um nichts kümmern mussten. Ihre Betreuer lösten die Wohnung auf und übergaben ihnen, was sie auf ihrer Flucht mitnehmen konnten.

Damit war noch lange nicht alles für sie vorbei. Die Konsequenzen ihres Betruges mussten noch getragen werden. Strafrechtlich hatten sie wegen der Kronzeugenregelung nichts mehr zu befürchten.

Zivilrechtlich sah es anders aus. Die fälschlich ausgezahlte Versicherungssumme hätte eigentlich zurückgezahlt werden müssen. Im normalen Leben hätten Michael und Susanne nun Privatinsolvenz anmelden müssen. Das verkomplizierte sich durch die Annahme einer neuen Identität. Die Behörden einigten sich mit der Versicherung darauf, den Zeitwert der Versicherung von der gezahlten Versicherungssumme abzuziehen und diese aus staatlichen Mitteln vorzustrecken.

Die Höhe des verbleibenden Betrages ergab sich daraus, dass Michael noch recht jung war und die Versicherung das Risiko als niedrig eingeschätzt hatte. Daher war der Zeitwert niedrig und nur die Fälligkeit hatte zu dem hohen Betrag geführt. So kam es zu einer erheblichen Differenz, die im Raum stand und irgendwie beglichen werden musste.

Den vorgeschossenen Betrag würden Michael und Susanne über die Jahre abzahlen müssen. In ihrer neuen Existenz würden sie bei Null anfangen müssen, aber sie hatten die Unterstützung ihrer Betreuer. Es würde funktionieren. Sie waren nicht die Ersten.

Sie wurden in einem Safe House an der Ostsee untergebracht. Niemand kannte sie dort, sie konnten sich frei bewegen.

Da es nun eng mit dem Geld werden würde, wollte Michael vorsorgen. Er hatte noch ein zweites Konto bei einer anderen Bank, von dem, wie glaubte, niemand etwas wusste. Von diesem Konto wollte er einen gewissen Barbetrag abheben, der dann als Notgroschen dienen sollte. Man weiß ja nie.

Worin er sich geirrt hatte: Das Konto und die Bank waren der Mafia durchaus bekannt. Sie hatten ihn seinerzeit durchleuchtet und ja auch seine Wohnung gründlich durchsucht. Nun behielten sie diese Bank während ihrer Öffnungszeiten im Auge.

Michael hatte sich heimlich mit dem Auto auf den Weg in seine Heimatstadt gemacht und im Parkhaus der Bank geparkt. Dann ging er in die Bank, hob das Geld ab und kehrte zum Auto zurück. Soweit ohne Probleme. Im Parkhaus wartete jedoch ein Gangster schon mit schussbereiter Pistole auf ihn.

Man sagt, ein Pedant stünde sich selbst im Weg, mache sich das Leben unnötig schwer. Nicht so bei Michael. Er war ein Pedant und diese Tatsache rettete ihm das Leben. Als er die Wagentür geöffnet hatte, bemerkte er, dass die Fußmatte vor dem Fahrersitz verrutscht war. Zwanghaft bückte er sich, um sie zurechtzurücken. In diesem Moment fiel der Schuss. Er verfehlte ihn, streifte ihn nur, weil der Schütze nicht mit Michaels plötzlicher Bewegung gerechnet hatte. Michael hörte den Knall, spürte den stechenden Schmerz und warf sich instinktiv ins Auto. Es gelang ihm, den

Wagen zu starten und halb liegend rückwärts aus der Parklücke zurückzustoßen.

Dabei rammte er den Schützen, der ihm bereits hinter den Wagen gefolgt war. Der Gangster ging zu Boden, Zeit genug für Michael, den Vorwärtsgang einzulegen und abermals Gas zu geben. Er jagte den Gang entlang, fing sich noch eine Kugel in die Schulter ein, als der Schütze wieder auf die Beine kam, dann war er um die Kurve und außer Gefahr.

Da war er gerade noch einmal mit einem blauen Auge davongekommen. Er fuhr noch über ein paar rote Ampeln, um sicher zu sein, dass er nicht verfolgt wurde. Er hatte nur eine Fleischwunde davongetragen, die nicht allzu stark blutete, presste die Faust darauf und schaffte es zurück ins Safe House. Dort wurde er verarztet. Das Geld wurde seinen Besitztümern hinzugefügt und würde bei der Abrechnung berücksichtigt werden. Eine Extrawurst durfte er sich nun doch nicht braten.

Noch einmal wurde es später gefährlich. Die Hauptverhandlung nahte. Die Zeugen mussten an den Ort der Gerichtsverhandlung gebracht und in einem dortigen Safe House einquartiert werden. Kritisch würde es beim Transport ins Gerichtsgebäude werden, da der Termin und das letzte Stück der Strecke ja bekannt waren.

Ein gepanzertes Fahrzeug wurde eingesetzt. Die Vorsicht erwies sich als berechtigt. Hundert Meter vor dem Gerichtsgebäude wurde das Fahrzeug von einer Bazooka-Rakete getroffen und schwer beschädigt. Die Insassen wurden verletzt, kamen aber mit dem Leben davon. Glücklicherweise handelte es sich nicht um die echten Zeugen, sondern um freiwillige Ersatzleute.

Es handelte sich um ein Ablenkungsmanöver. Die echten Zeugen wurden anschließend mit einem Krankenhaus-Hubschrauber eingeflogen. Sie sagten im Prozess aus, gaben aber ihre alten, nicht mehr gültigen Adressen sowie ihre früheren Namen an. Auch durften sie ihre Gesichter verhüllen, um ihr jetziges Aussehen nicht zu verraten.

Damit hatten sie sie ihre Pflicht getan, befanden sich aber immer noch in Gefahr. Zum einen drohte Rache, zum anderen konnte es noch zu einer Revisionsverhandlung kommen.

Sie kehrten an die Ostsee zurück. So schön es sich hier leben ließ, so tief saß die Angst vor einem weiteren Schlag der Mafia.

Lora

„Ich brauch' mehr Taschengeld", eröffnete Lora ihren Eltern.

„Bekommst du nicht genug?", kam die Gegenfrage.

„Ihr habt dem Jugendamt versprochen, gut für mich zu sorgen", kicherte das Mädchen schelmisch. Sie wusste, dass sie adoptiert war. Ihr richtiger Vorname lautete Eleonora, aber sie wurde von allen nur Lora gerufen.

„Na gut, du bekommst fünf Euro mehr pro Monat", grummelte ihr Vater.

„Danke", rief sie und fiel ihren Eltern um den Hals.

Dann wollte sie das Haus verlassen, um sich mit Daniel zu treffen, ihrem Freund.

„Sei bitte morgen Nachmittag zu Hause", rief ihre Mutter ihr noch nach. „Es kommt eine Frau vorbei, die dich treffen will."

Mehr verriet sie nicht, ein gutes Mittel, um zu erreichen, dass Lora zumindest aus Neugier den Termin einhielt.

Lora fuhr mit dem Fahrrad zu Daniel und wunderte sich, dass ihr ein Auto folgte, das genau ihr Tempo hielt? War das die Kriminalpolizei? Hatte sie etwas verbrochen? Sie konnte sich beim besten Willen an nichts Derartiges erinnern.

Auch als Daniel sie abends mit dem Fahrrad nach Hause brachte, bildete sie sich ein, verfolgt zu werden. Sie sagte es Daniel. Der hielt an, stieg vom Fahrrad und ging zu dem Auto, das ebenfalls angehalten hatte. Als er dem Fahrzeug bis auf ein paar Schritte nahegekommen war, gab es Gas und fuhr davon.

Das erschien den beiden nun schon sehr merkwürdig, aber sie konnten nichts damit anfangen.

Am nächsten Nachmittag hielt Lora die Verabredung mit ihren Eltern ein und saß im Wohnzimmer, als es klingelte. Loras Mutter führte eine fremde Frau ins Zimmer und stellte sie vor:

„Lora, das ist deine leibliche Mutter. Sie heißt Susanne."

Lora hatte schon des Öfteren im Gespräch mit ihrer Adoptivmutter fallen lassen, dass sie gern einmal ihre leibliche Mutter kennenlernen würde. Nun war es also so weit.

Die beiden sahen sich tatsächlich äußerlich ähnlich und, was erstaunlicher war, sie ähnelten sich auch in ihrem Verhalten: offenherzig und freundlich lächelnd gingen sie wie zwei Spiegelbilder aufeinander zu und umarmten sich.

Dann setzten sie sich nebeneinander und redeten. Loras Adoptivmutter ließ sie allein. Susanne erzählte, wie es damals zu ihrer Schwangerschaft und der Adoption gekommen war. Sie betonte, dass sie ihr Kind gern behalten hätte, aber keine Chance gegen die Entscheidung ihrer Eltern gehabt hatte. Auch erwähnte sie, wie sehr sie seither darunter gelitten hätte.

Lora konnte ihrerseits über eine glückliche Kindheit berichten und erwähnte, dass sie sich schon lange gewünscht hatte, ihre leibliche Mutter kennenzulernen.

Beide mochten sich und beschlossen, in Kontakt zu bleiben.

Lora wurde fortan nicht mehr beschattet. Die Verfolger hatten bekommen, was sie wollten: Susannes Spur. Herr Babanos Consigliere hatte Lora ausfindig machen können und gehofft, durch sie an Susanne herankommen zu können. Der Plan war aufgegangen. Die Gangster folgten nun Susanne, um zum Aufenthaltsort der Zeugen zu kommen.

Ein tödliches Wiedersehen

Der Schlag der Mafia kam dann auch schnell, schneller als von irgendjemandem erwartet. Susanne wollte eines Abends gerade das Haus verlassen, da löste sich ein Schatten aus dem Dunkel der Hauswand und trat ihr in den Weg. Es war Luigi, der Mafiakiller.

Er hob gerade die Waffe, um sie zu erschießen, da fiel ein Lichtstrahl auf Susannes Gesicht. Es erstrahlte wie das Gesicht eines Engels. Ein gütiges, reines Gesicht. Er kannte es!

„Susanne! Du bist das!", stieß er hervor. Ja, sie war es, seine Freundin aus der Grundschule, das einzige Mädchen, das jemals wirklich nett zu ihm gewesen war. Die Freude, sie wiederzusehen, überflutete ihn.

Dass es sich bei seiner Zielperson um sie handelte, hatte er nicht gewusst. Nur ihre Tarnexistenz war ihm mitgeteilt worden.

Und nun?

Er konnte doch nicht auf sie schießen, nicht auf Susanne! Reglos und ratlos stand er einen Augenblick da.

In diesem Moment fiel ein Schuss – aber nicht aus Luigis Waffe.

Eine der Überwachungskameras hatte Luigi erfasst und der diensthabende Beamte war herausgestürmt, hatte die auf Susanne gerichtete Waffe gesehen und sofort geschossen. Ein finaler Rettungsschuss, wie es sich für ihn darstellte.

Luigi wurde getroffen, war aber nicht sofort tot.

„Susanne!", röchelte er noch. Susanne trat hinzu, erkannte ihn auch und strich ihm übers Haar. Luigi lächelte schwach. Dann schloss er die Augen und starb.

Jetzt war allen klar, dass die Mafia ihren Standort kannte. Der Anschlag würde sicher wiederholt werden. Man würde die Wachsamkeit erhöhen müssen. Und nicht nur das.

Wichtig war vor allem, schnellstmöglich einen neuen Standort für sie zu suchen, ein neues Safe House, das die Mafia möglichst noch nicht kannte.

Neue Flucht

Also eine neue Flucht! Diesmal kamen sie in einem abgelegenen oberbayrischen Dorf unter. Das Bundeskriminalamt führte dort einen kleinen Landgasthof, den sie zuweilen als Safe House nutzten. Er nannte sich „Zum Weißen Hirschen" und nur die Einheimischen frequentierten ihn. Dort wurden sie zunächst einquartiert, bekamen dann aber eigene Wohnungen im Haus zugewiesen. Sie wurden vom Besitzer des Hotels, einem Strohmann des Bundeskriminalamtes, offiziell als Hausmeister eingestellt. Arbeit gab es für die vier genug.

Eigentlich hatten sie es recht gut getroffen. Die Gegend war wunderschön und lockte zu ausgedehnten Wanderungen. Sie waren mit ihrem Schicksal zufrieden.

Am übernächsten Abend bemerkte Michael einen Schatten, der um die Ecke huschte, als er den Gasthof abschloss und sich anschickte, in seine Wohnung zurückzukehren. Irgendetwas hatte er aus den Augenwinkeln gesehen. Dann hörte er ein Geräusch bei den Mülltonnen. Er beeilte sich, hineinzukommen und informierte den wachhabenden Polizisten.

Der sah nach und stellte fest, dass eine streunende Katze der Grund der Beunruhigung gewesen war. Alles in Ordnung.

Aber was für eine andauernde Aufregung! Das ging ja an die Grenze zur Paranoia.

Sollte es so bleiben? Sollten sie in dauernder Sorge leben?

Susanne schlug Michael vor, dass sie sich den Verbrechern stellen sollten. Vielleicht würden sie sie verschonen, wenn sie regelmäßige Zahlungen von ihnen erwarten könnten.

„Hat die OP doch deinen Verstand geschädigt?", scherzte Michael in einem Anfall von schwarzem Humor.

Susanne knuffte ihn in die Seite.

„Na warte!"

„Entschuldige bitte, der Spaß musste einfach mal sein. Aber ernsthaft: Sie würden uns umbringen. Das müssten sie in jedem Fall tun, um ihren Ruf nicht zu ruinieren. Ihr Geschäftsmodell beruht auf Angst. Das können sie nicht durch Ausnahmen unterminieren."

Aber ganz Unrecht hatte Susanne nicht. Kommunikation könnte helfen. Sie überlegten weiter. Schließlich beschlossen sie, doch eine Versöhnung mit Babano zu suchen. Der Mafiaboss war ihnen damals als recht vernünftiger Geschäftspartner entgegengekommen. Sollte da nicht eine Klärung möglich sein? Auf jeden Fall würden sie ihre Tarnung aufrechterhalten müssen. Michael schrieb Babano einen Brief unter ihrem alten Namen, in dem er um Verständnis für seine Situation bat und darauf hinwies, dass er alle seine Verpflichtungen korrekt erfüllt hätte und jetzt keine Leistungen der Mafia mehr in Anspruch nähme.

Den Brief ließ er von der Polizei in Berlin in einen Briefkasten werfen. Die Antwort sollte Babano über einen neu eingerichteten Twitter-Account veröffentlichen. Man sollte es nicht glauben, aber Babano antwortete per Direktnachricht: Die Zeugenaussagen der vier Personen hätten ihm schweren Schaden zugefügt. Wenn er sie jemals zu fassen bekäme, würde er sich rächen. Jedoch stimmte er zu, dass sie den Deal seinerzeit sauber durchgezogen hätten. Die Tötung Luigis akzeptierte er als Nothilfe. Er zeigte ein gewisses Verständnis für ihre Lage und sagte ihnen zu, dass er nicht mit Nachdruck nach ihnen suchen lassen würde.

Michael sprach mit den Betreuern von der Polizei über die Nachricht. Die zeigten sich recht zufrieden, dass Babano nicht mit Nachdruck nach ihnen suchen würde. Der Polizeiapparat sei löchrig wie ein Schweizer Käse, räumten sie ein. Überall Maulwürfe. Wenn Babano es darauf anlegen würde, bestünde eine gewisse Gefahr, dass er sie finden würde. Da er dies jedoch nicht priorisieren würde, hätten sie eine Chance. Ganz aus dem Zeugenschutzprogramm aussteigen sollten sie trotzdem nicht, da die Rachedrohung noch im Raum stand.

Ihren gegenwärtigen Aufenthaltsort kannte die Mafia offenbar nicht und, wenn man Babano glauben durfte, würde es auch so bleiben.

Tatsächlich gab es keine Revision des Gerichtsverfahrens gegen die Mafiamitglieder. Babano, der glimpflich davongekommen war, verzichtete darauf. Damit ließ das Interesse der Mafia an den Zeugen nach. Ganz aus dem Zeugenschutzprogramm entlassen wurden sie dennoch nicht, aber die Vorsichtsmaßnahmen wurden gelockert.

So nahm Susanne wieder Kontakt zu Lora auf und sie verabredeten, sich zu Weihnachten in den Bergen zu treffen. Eine kleine Forsthütte im Wald wurde gemietet und sie reisten separat und unter Beachtung aller Vorsichtsmaßnahmen an.

Susanne hatte Michael inzwischen von Lora erzählt und er war gespannt, das Mädchen kennenzulernen. Sie war ihm dann auch sofort sympathisch, erinnerte ihn an Susanne.

Es wurde ein schöner Weihnachtsabend. Der Wald war verschneit und ein paar Schneeflocken fielen immer noch.

Als sie spät in der Nacht zu Bett gingen, kuschelte sich Susanne an Michael und schnurrte:

„Durch Lora habe ich jetzt erfahren, dass Kinder doch etwas sehr Schönes sind. Wolle wir zwei nicht auch welche bekommen?"

„Natürlich, das habe ich mir schon immer gewünscht", jubelte Michael und gab ihr einen dicken Kuss.

Freiheit

Herr Babano feierte seinen achtzigsten Geburtstag. Von überall waren Gäste angereist. Es gab eine riesige Feier. Der Jubilar wusste, dass seine aktive Zeit sich dem Ende zuneigte, und hatte diesen Anlass gewählt, die Geschäfte an seinen ältesten Sohn Alberto weiterzugeben. Bei dieser Gelegenheit wollte er sich großzügig zeigen und die meisten der noch offenen Angelegenheiten friedlich abschließen. Dazu gehörte auch, das Damoklesschwert über Michael und Susanne endlich ruhen zu lassen.

Er schickte Michael eine Nachricht auf dessen Twitter-Account, dass er und die anderen drei Zeugen keine Rache mehr von ihm zu befürchten hätten und bat sie, im Gegenzug ein Gebet für ihn zu sprechen. Michael und Susanne freuten sich über die gute Nachricht und kamen auch seiner Bitte um ein Gebet nach. Wenn Babano sich für religiös hielt, so sollte es an einer aufrichtigen Fürbitte nicht scheitern. Für Christen gehörte es ja sozusagen zum guten Ton, seinen Feinden Gutes zu wünschen. Warum also nicht?

Die Betreuer vom Bundeskriminalamt hielten das Versprechen des Mafiabosses für glaubwürdig und zogen sich zurück. Ihre alten Identitäten nahmen Michael und Susanne nicht wieder an. Zu lange hatten sie schon mit ihren neuen Namen gelebt. (Die Vornamen waren ja sowieso gleichgeblieben.)

So waren sie jetzt frei: frei vom Tumor, frei von der Verfolgung durch die Mafia, frei von Schulden. Sie hatten alle Schulden im Lauf der Jahre abgestottert und, da sie bescheiden lebten, sogar noch ein wenig angespart. Ihr Leben war ein neues geworden, bescheiden, aber zufriedenstellend. Sie hätten es schlechter treffen können.

Sie hatten ihre beiden Kinder Mario und Gabriele unter ihrem neuen Nachnamen großgezogen und eine eigene Wohnung im Ort bezogen. Ebenso Gerhard und Jessica, die auch Nachwuchs bekommen hatten: eine Tochter.

Inzwischen kannte man die beiden Familien im Ort und sie fühlten sich dort zuhause. Es war geradezu idyllisch. Sie hatten eine neue Heimat gefunden.

Lora besuchte sie oft und sie unternahmen viel gemeinsam in der traumhaften Landschaft. Michael arbeitete als Lehrer am örtlichen Gymnasium der nächsten Stadt, die mit dem Bus erreicht werden konnte. Susanne kaufte ein und versorgte den Haushalt. Gerhard hatte eine Anstellung in einer Bank erhalten und Jessica blieb zuhause. Der Kindergarten und später die Schule für die Kinder befanden sich in Gehreichweite. Alles passte. Der Krebs kehrte nicht zurück.